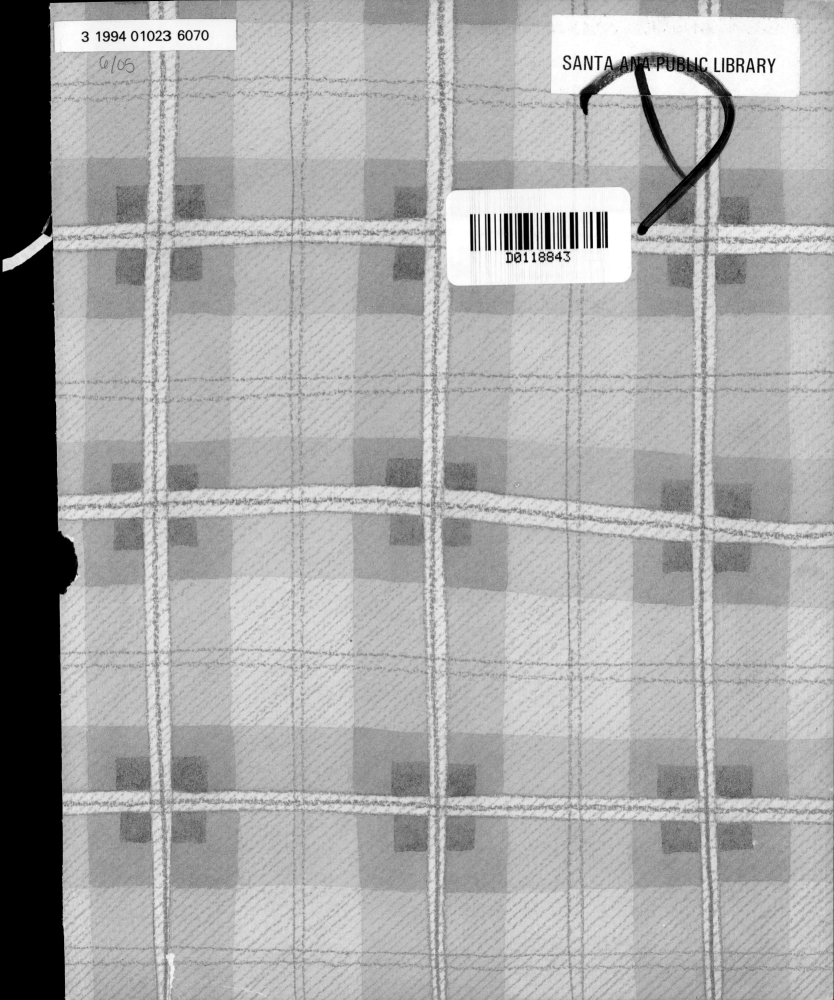

Primera edición en inglés: 2000
Primera edición en español: 2002

Coordinador de la colección: Daniel Goldin
Traducción de Carmen Esteva
Título original: *My Dad*

ISBN 968-16-6443-4

Impreso en Italia. Tiraje: 10 000 ejemplares

# Mi papá

## Anthony Browne

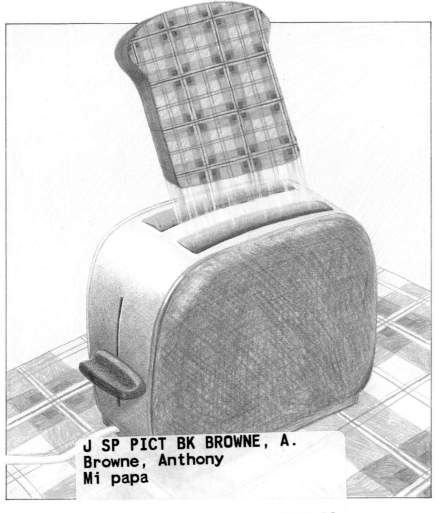

LOS ESPECIALES DE
*A la orilla del viento*
FONDO DE CULTURA ECONÓMICA
MÉXICO

Sí que está bien mi papá.

# Mi papá no tiene miedo de NADA,

ni siquiera del Gran Lobo Feroz.

# Puede saltar sobre la luna,

y caminar en la cuerda floja (sin caerse).

# Puede luchar contra gigantes,

o ganar        fácilmente la carrera
de los papás en el día
del deporte.

Sí que está bien mi papá.

# Mi papá puede comer como un caballo,

y nadar como un pez.

# Es fuerte como un gorila,

y feliz como un hipopótamo.

Sí que está bien mi papá.

**Mi papá es tan grande como una casa,**

y tan suave como mi osito de peluche.

# Es sabio como un búho,

y chiflado  como un cepillo.

Sí que está bien mi papá.

# Mi papá es un gran bailarín,

y un excelente cantante.

Es fantástico para el futbol,

y me hace reír. Mucho.

Yo quiero a mi papá.
Y, ¿saben qué?

# ¡ÉL ME QUIERE A MÍ!

## (Y siempre me querrá.)

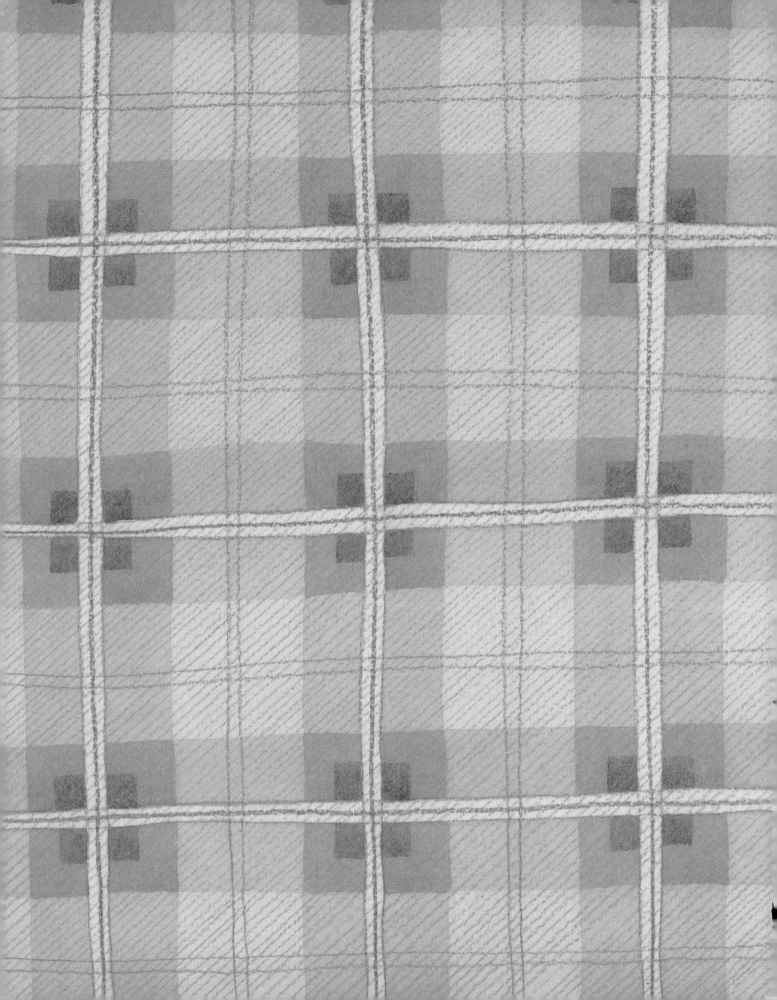